POESIA DE LUÍS DE CAMÕES PARA TODOS

Esta obra foi originalmente publicada com o título *Poesia de Luís de Camões para Todos*.
© 2009 Martins Editora Livraria Ltda., São Paulo, para a presente edição.
© 2009 Porto Editora, Lda.

Publisher	*Evandro Mendonça Martins Fontes*
Produção editorial	*Luciane Helena Gomide*
Produção gráfica	*Sidnei Simonelli*
Capa e diagramação	*Triall*
Revisão	*Dinarte Zorzanelli da Silva*
	Mariana Zanini
Organização	*José António Gomes*
Ilustrações	*Ana Biscaia*
Adaptação	*Estela dos Santos Abreu*
1ª edição	*2009*
Impressão	*Cromosete*

Dados Internacionais de Catalogação na Publicação (CIP)
(Câmara Brasileira do Livro, SP, Brasil)

Camões, Luís de, 1524-1580
 Poesia de Luís de Camões para todos / seleção e organização de José António Gomes ; ilustrações de Ana Biscaia ; adaptação de Estela dos Santos Abreu. – 1. ed. – São Paulo : Martins Martins Fontes, 2009.

 Título original: Poesia de Luís de Camões para todos. ISBN 978-972-0-71659-0. ISBN 978-85-61635-47-3

 1. Poesia portuguesa I. Gomes, José António. II. Biscaia, Ana. III. Abreu, Estela dos Santos. IV. Título

09-13394   CDD-869.1

Índices para catálogo sistemático:
 1. Poesia : Literatura portuguesa   869.1

Todos os direitos de tradução e publicação desta obra no Brasil reservados à
Martins Editora Livraria Ltda.
R. Prof. Laerte Ramos de Carvalho, 163
01325-030 São Paulo SP Brasil
Tel.: (11) 3116.0000 Fax: (11) 3115.1072
info@martinseditora.com.br
www.martinseditora.com.br

POESIA DE LUÍS DE CAMÕES PARA TODOS

Seleção e organização de José António Gomes
Ilustrações de Ana Biscaia
Adaptação de Estela dos Santos Abreu

martins
Martins Fontes

Nota

Ao transcrevermos os poemas para esta antologia, seguimos, no essencial, a edição da lírica de Camões mais respeitada, a de Costa Pimpão: Luís de Camões, *Rimas*, Coimbra: Almedina, 2005, texto estabelecido e prefaciado por Álvaro J. da Costa Pimpão (reedição da obra de 1973).

Para a transcrição dos sonetos, preferimos basear-nos na antologia organizada por Eugénio de Andrade – *Sonetos de Luís de Camões*, Lisboa: Assírio & Alvim, 2000 – que, no fundamental, segue a fixação de texto de Costa Pimpão, com uma ou outra pequena alteração, motivada por opções estéticas do antologiador ou pelo conhecimento de outras edições elaboradas por especialistas.

Destinando-se esta edição preferencialmente ao público infantil e juvenil, e para facilitar a leitura, assumimos algumas liberdades, substituindo formas antigas como *Caterina, Bárbora, fermosa, envejoso, piadoso, ũa* e outras pelas correspondentes formas modernas, conscientes, no entanto, de que tais modificações alteram o perfil sonoro dos versos. Mantivemos, porém, essas formas antigas (*giolhos*, por exemplo) nos casos em que, a não ser assim, a rima ficaria comprometida.

Observação: alguns poemas trazem, em rodapé, o significado das palavras menos usadas no Brasil.

SUMÁRIO

6 CANTIGA
9 CANTIGA
10 CANTIGA
13 CANTIGA
14 CANTIGA
16 CANTIGA
18 TROVAS
21 CANTIGA
22 CANTIGA
24 CANTIGA
25 SONETO
26 SONETO
28 SONETO
29 SONETO
30 SONETO
32 ESPARSA SUA AO DESCONCERTO DO MUNDO
33 SONETO
34 ENDECHAS

CANTIGA

A este mote

Descalça vai para a fonte
Leonor pela verdura;
vai formosa e não segura.

Voltas

Leva na cabeça o pote,
o testo nas mãos de prata,
cinta de fina escarlata,
saínho de chamalote;
traz a vasquinha de cote,
mais branca que a neve pura;
vai formosa, e não segura.

Descobre a touca a garganta,
cabelos d'ouro o trançado,
fita de cor d'encarnado,
tão linda que o mundo espanta;
chove nela graça tanta
que dá graça à formosura;
vai formosa, e não segura.

mote: tema; **verdura**: a cor verde das plantas; **volta**: desenvolvimento do tema; **testo**: tampa de vasilha; **escarlata**: vermelho vivo; **saínho**: peça do vestuário; **chamalote**: tecido de lã ondulado; **vasquinha**: casaquinho de abas curtas; **de cote**: de uso cotidiano

CANTIGA

A este mote seu
Se Helena apartar
do campo seus olhos,
nascerão abrolhos.

Voltas

A verdura amena,
gados que pasceis,
sabei que a deveis
aos olhos d'Helena.
Os ventos serena,
faz flores d'abrolhos
o ar de seus olhos.

Faz serras floridas,
faz claras as fontes:
se isto faz nos montes,
que fará nas vidas?
Trá-las suspendidas,
como ervas em molhos,
na luz de seus olhos.

Os corações prende
com graça inumana;
de cada pestana
um'alma lhe pende.
Amor se lhe rende
e, posto em giolhos,
pasma nos seus olhos.

mote: tema; **apartar:** afastar; **abrolhos:** recifes perigosos; **volta:** desenvolvimento do tema; **verdura:** a cor verde das plantas; **pasceis:** fazeis pastar; **serena:** acalma; **molhos:** feixes; **giolhos:** joelhos

CANTIGA

A este mote alheio
Menina dos olhos verdes,
porque me não vedes?

Voltas

Eles verdes são,
e têm por usança
na cor, esperança
e nas obras, não.
Vossa condição
não é d'olhos verdes,
porque me não vedes.

Isenções a molhos
que eles dizem terdes,
não são d'olhos verdes,
nem de verdes olhos.
Sirvo de giolhos
e vós não me credes,
porque me não vedes.

Haviam de ser,
porque possa vê-los,
que uns olhos tão belos
não se hão-de esconder;
mas fazeis-me crer
que já não são verdes,
porque me não vedes.

Verdes não o são
no que alcanço deles;
verdes são aqueles
que esperança dão.
Se na condição
está serem verdes,
porque me não vedes?

mote: tema; **volta**: desenvolvimento do tema; **usança**: tradição; **molhos**: feixes; **giolhos**: joelhos

CANTIGA

A este mote alheio
Verdes são os campos
da cor do limão:
assim são os olhos
do meu coração.

Voltas

Campo, que te estendes
com verdura bela;
ovelhas, que nela
vosso pasto tendes:
d'ervas vos mantendes
que traz o Verão,
e eu das lembranças
do meu coração.

Gado, que pasceis,
co'contentamento
vosso mantimento
não o entendeis:
isso que comeis
não são ervas, não:
são graças dos olhos
do meu coração.

mote: tema; volta: desenvolvimento do tema; pasceis: fazeis pastar; mantimento: sustento

CANTIGA

A três damas que lhe diziam que o amavam

Mote

Não sei se me engana Helena,
se Maria, se Joana,
não sei qual delas me engana.

Voltas

Uma diz que me quer bem,
outra jura que mo quer;
mas, em jura de mulher
quem crerá, se elas não creem?
Não posso não crer a Helena,
a Maria, nem Joana,
mas não sei qual mais me engana.

Uma faz-me juramentos
que só meu amor estima;
a outra diz que se fina;
Joana, que bebe os ventos.
Se cuido que mente Helena,
também mentirá Joana;
mas quem mente, não me engana.

mote: tema; **volta**: desenvolvimento do tema; **fina**: acaba

CANTIGA

A este mote alheio
Catarina bem promete;
eramá! como ela mente!

Voltas

Catarina é mais formosa
para mim que a luz do dia;
mas mais formosa seria
se não fosse mentirosa.
Hoje a vejo piedosa,
amanhã tão diferente
que sempre cuido que mente.

Catarina me mentiu
muitas vezes, sem ter lei;
mas todas lhe perdoei
por uma só que cumpriu.
Se, como me consentiu
falar, o mais me consente,
nunca mais direi que mente.

Má, mentirosa, malvada,
dizei: para que mentis?
Prometeis, e não cumpris.
Pois, sem cumprir, tudo é nada,
não sois bem aconselhada;
que quem promete, se mente,
o que perde não no sente.

Jurou-me aquela cadela
de vir, pela alma que tinha;
enganou-me; tem a minha;
dá-lhe pouco de perdê-la.
A vida gasto após ela
porque ma dá se promete;
mas tira-ma, quando mente.

mote: tema; eramá: em má hora; volta: desenvolvimento do tema

Tudo vos consentiria
quanto quisésseis fazer,
se esse vosso prometer
fosse prometer um dia;
todo então me desfaria
convosco; e vós, de contente,
zombaríeis de quem mente.

Prometeu-me ontem de vir,
nunca mais apareceu;
creio que não prometeu
senão só por me mentir.
Faz-me enfim chorar e rir;
rio, quando me promete;
mas choro quando me mente.

Mas pois folgais de mentir,
prometendo de me ver,
eu vos deixo o prometer,
deixai-me vós o cumprir:
haveis então de sentir
quanto fica mais contente
o que cumpre que o que mente.

17

TROVAS

A uma cativa com quem andava
d'amores na Índia, chamada Bárbara

Aquela cativa,
que me tem cativo,
porque nela vivo
já não quer que viva.
Eu nunca vi rosa
em suaves molhos,
que para meus olhos
fosse mais formosa.

Nem no campo flores,
nem no céu estrelas,
me parecem belas
como os meus amores.
Rosto singular,
olhos sossegados,
pretos e cansados,
mas não de matar;

Uma graça viva,
que neles lhe mora,
para ser senhora
de quem é cativa.
Pretos os cabelos,
onde o povo vão
perde opinião
que os louros são belos.

Pretidão de Amor,
tão doce a figura,
que a neve lhe jura
que trocara a cor.
Leda mansidão
que o siso acompanha,
bem parece estranha,
mas bárbara não.

molhos: feixes; **leda:** que revela alegria; **siso:** bom-senso, juízo

Presença serena
que a tormenta amansa;
nela enfim descansa
toda a minha pena.
Esta é a cativa
que me tem cativo,
e, pois nela vivo,
é força que viva.

CANTIGA

A este mote seu

Enforquei minha esperança,
mas Amor foi tão madraço
que lhe cortou o baraço.

Volta

Foi a Esperança julgada
por sentença da Ventura,
que, pois me teve à pendura,
que fosse dependurada.
Vem Cupido co'a espada,
corta-lhe cerce o baraço...
Cupido, foste madraço!

mote: tema; madraço: preguiçoso; baraço: corda de feixes de linha; volta: desenvolvimento do tema; pendura: dificuldade financeira; cerce: rente

CANTIGA

A esta cantiga alheia
Perdigão perdeu a pena,
não há mal que lhe não venha.

Voltas

Perdigão, que o pensamento
subiu em alto lugar,
perde a pena do voar,
ganha a pena do tormento.
Não tem no ar nem no vento
asas, com que se sustenha:
não há mal que lhe não venha.

Quis voar a uma alta torre
mas achou-se desasado;
e, vendo-se depenado,
de puro penado morre.
Se a queixumes se socorre,
lança no fogo mais lenha:
não há mal que lhe não venha.

volta: desenvolvimento do tema; **desasado:** sem asas; **de duro penado:** de ter sofrido pena

CANTIGA

A este mote seu

Pus o coração nos olhos
e os olhos pus no chão
por vingar o coração.

Volta

O coração invejoso
como dos olhos andava,
sempre remoques me dava
que não era o meu mimoso:
venho eu, de piedoso
do senhor meu coração,
boto os meus olhos no chão.

mote: tema; volta: desenvolvimento do tema; remoques: censuras; senhor: dono

SONETO

Sete anos de pastor Jacob servia
Labão, pai de Raquel, serrana bela;
mas não servia ao pai, servia a ela,
e a ela só por prêmio pretendia.

Os dias, na esperança de um só dia,
passava, contentando-se com vê-la;
porém o pai, usando de cautela,
em lugar de Raquel lhe dava Lia.

Vendo o triste pastor que com enganos
lhe fora assim negada a sua pastora,
como se a não tivera merecida,

começa de servir outros sete anos,
dizendo: – Mais servira, se não fora
para tão longo amor tão curta a vida.

SONETO

A formosura desta fresca serra,
e a sombra dos verdes castanheiros,
o manso caminhar destes ribeiros,
donde toda a tristeza se desterra;

o rouco som do mar, a estranha terra,
o esconder do sol pelos outeiros,
o recolher dos gados derradeiros,
das nuvens pelo ar a branda guerra;

enfim, tudo o que a rara natureza
com tanta variedade nos of'rece,
me está, se não te vejo, magoando.

Sem ti, tudo me enoja e me aborrece;
sem ti, perpetuamente estou passando
nas mores alegrias mor tristeza.

mores: maiores; mor: maior

SONETO

Amor é um fogo que arde sem se ver;
é ferida que dói e não se sente;
é um contentamento descontente;
é dor que desatina sem doer.

É um não querer mais que bem querer;
é um andar solitário entre a gente;
é nunca contentar-se de contente;
é um cuidar que ganha em se perder.

É querer estar preso por vontade;
é servir a quem vence, o vencedor;
é ter com quem nos mata, lealdade.

Mas como causar pode seu favor
nos corações humanos amizade,
se tão contrário a si é o mesmo Amor?

SONETO

Tanto de meu estado me acho incerto,
que em vivo ardor tremendo estou de frio;
sem causa, juntamente choro e rio;
o mundo todo abarco e nada aperto.

É tudo quanto sinto, um desconcerto;
da alma um fogo me sai, da vista um rio;
agora espero, agora desconfio,
agora desvario, agora acerto.

Estando em terra, chego ao céu voando,
numa hora acho mil anos, e é de jeito
que em mil anos não posso achar uma hora.

Se me pergunta alguém porque assim ando,
respondo que não sei; porém suspeito
que só porque vos vi, minha Senhora.

SONETO

O céu, a terra, o vento sossegado...
As ondas, que se estendem pela areia...
Os peixes, que no mar o sono enfreia...
O noturno silêncio repousado...

O pescador Aônio que, deitado
onde co'vento a água se meneia,
chorando, o nome amado em vão nomeia,
que não pode ser mais que nomeado:

– Ondas, dizia, antes que Amor me mate,
tornai-me a minha Ninfa, que tão cedo
me fizestes à morte estar sujeita.

Ninguém lhe fala; o mar de longe bate;
move-se brandamente o arvoredo;
leva-lhe o vento a voz, que ao vento deita.

enfreia: contém; meneia: move; tornai-me: devolvei-me; Ninfa: divindade da natureza

ESPARSA SUA AO DESCONCERTO DO MUNDO

Os bons vi sempre passar
no mundo graves tormentos;
e, para mais m'espantar,
os maus vi sempre nadar
em mar de contentamentos.
Cuidando alcançar assim
o bem tão mal ordenado,
fui mau, mas fui castigado:
Assim que, só para mim
anda o mundo concertado.

esparsa: poesia antiga com versos de seis sílabas

SONETO

Mudam-se os tempos, mudam-se as vontades,
muda-se o ser, muda-se a confiança;
todo o mundo é composto de mudança,
tomando sempre novas qualidades.

Continuamente vemos novidades,
diferentes em tudo da esperança;
do mal ficam as mágoas na lembrança,
e do bem, se algum houve, as saudades.

O tempo cobre o chão de verde manto,
que já coberto foi de neve fria,
e, em mim, converte em choro o doce canto.

E, afora este mudar-se cada dia,
outra mudança faz de mor espanto,
que não se muda já como soía.

mor: maior; **soía:** costumava

ENDECHAS

Vai o bem fugindo
cresce o mal co'os anos;
vão-se descobrindo
co'tempo os enganos.

Amor e alegria
menos tempo dura.
Triste de quem fia
nos bens da ventura!

Bem sem fundamento
tem certa a mudança,
certo o sentimento
na dor da lembrança.

Quem vive contente
viva receoso:
mal que se não sente
é mais perigoso.

endechas: poesia melancólica com quatro versos de cinco sílabas; fia: acredita

Quem males sentiu
saiba já temer;
e pelo que viu
julgue o que há-de ser.

Alegre vivia,
triste vivo agora;
chora a alma de dia,
e de noite chora.

Confesso os enganos
de meu pensamento:
bem de tantos anos
foi-se num momento.

Meus olhos, que vistes?
Pois vos atrevestes,
chorai, olhos tristes,
o bem que perdestes.

A luz do sol pura
só a vós se negue;
seja a noite escura,
nunca a manhã chegue.

O campo floresça,
murmurem as águas,
tudo me entristeça,
cresçam minhas mágoas.

Quisera mostrar
o mal que padeço;
não lhe dá lugar
quem lhe deu começo.

Em tristes cuidados
passo a triste vida;
cuidados cansados,
vida aborrecida!

cuidados: preocupações

Nunca pude crer
o que agora creio:
cegou-me o prazer
do mal que me veio.

Ah, ventura minha,
como me negaste!
Um só bem que tinha
porque mo roubaste?

Triste fantasia,
quanta cousa guarda!
Quem já visse o dia
que tanto lhe tarda!

Nesta idade cega
nada permanece;
o que ainda não chega
já desaparece.

Qualquer esperança
foge como o vento:
tudo faz mudança,
salvo meu tormento.

Amor cego e triste,
quem o tem, padece:
mal quem lhe resiste!
Mal quem lhe obedece!

No meu mal esquivo
sei como Amor trata:
e, pois nele vivo,
nenhum amor mata.

Luís de Camões terá nascido em 1524 ou 1525, de uma família da pequena nobreza. Parece ter estudado na Universidade de Coimbra e frequentou a corte. A sua vida foi atribulada e aventurosa, tendo tido muitos amores. Numa batalha na África, perde um olho. Mais tarde, em Lisboa, vai parar na cadeia. Embarca depois para a Índia, como soldado, tendo estado na China e noutras paragens do Oriente. Um dia, na costa da Cochinchina, a embarcação em que viaja naufraga. Segundo a lenda, Camões salva então a nado o manuscrito do seu grande poema *Os Lusíadas*. No regresso a Portugal, e por falta de meios suficientes para a viagem, vê-se obrigado a permanecer em Moçambique, na costa oriental da África, onde mais tarde um amigo o encontra em situação de pobreza. Quando finalmente chega a Portugal, lê *Os Lusíadas* ao jovem rei, D. Sebastião, que ordena lhe seja dada uma pensão para que possa sobreviver. Morreu em 1579 ou 1580. A sua obra mais conhecida é *Os Lusíadas*, que conta a viagem de Vasco da Gama para a Índia. Escreveu muita outra poesia, lírica, de extraordinário valor, além de peças de teatro. É considerado o maior poeta português.

Ana Biscaia nasceu em 1978. Estudou Design de Comunicação na Universidade de Aveiro e estudou também Ilustração e Design Gráfico na *Konstfack University College of Arts, Crafts and Design* em Estocolmo. É designer gráfica e ilustradora. Obteve uma menção honrosa no Concurso Nacional de Jovens Criativos 2009 da Cidade do Montijo.